我在人间凑数的日子

My Wandering Life

段段◎著

中国华侨出版社
北京

图书在版编目（CIP）数据

我在人间凑数的日子 / 段段著. -- 北京：中国华侨出版社，2020.7（2024.9重印）

ISBN 978-7-5113-8229-0

Ⅰ．①我… Ⅱ．①段… Ⅲ．①散文集－中国－当代 Ⅳ．①I267

中国版本图书馆CIP数据核字(2020)第116981号

我在人间凑数的日子

著　　者：段　段
责任编辑：姜薇薇
装帧设计：刘红刚
经　　销：新华书店
开　　本：880mm×1230mm　1/32　印张：8　字数：50千字
印　　刷：三河市中晟雅豪印务有限公司
版　　次：2020年8月第1版　2024年9月第19次印刷
书　　号：ISBN 978-7-5113-8229-0
定　　价：42.80元

中国华侨出版社　北京市朝阳区西坝河东里77号楼底商5号　邮编：100028
发 行 部：(010) 82068999　传真：(010) 82069000
网　　址：www.oveaschin.com
E-mail：oveaschin@sina.com

如发现图书质量问题，可联系调换。质量投诉电话：010-82069336

如果人生是**一场电影**就好了,那样就可以快进到片尾,看看你身边的人还是不是我。

爱一个人就是明明不需要做的那些事情,你都做了个遍,而那个人还**一无所知**。

有缘无分的意思大概是算了吧,我们就这样认输好了。

这座城市实在太大了,有的风景看着看着就变样了,有的路走着走着就迷失了,有的人陪着陪着就离散了。

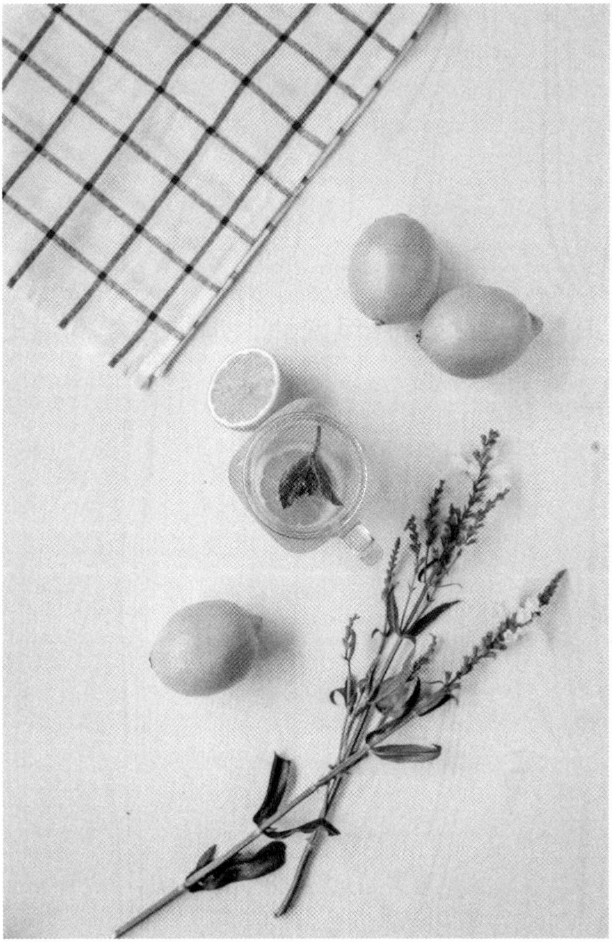

时间从来不会开口说话,却把你想知道的问题一一回答。

人生很长,你一定不要觉得辛苦就停下来,也许你最终也没办法成为你想成为的人,但你至少不会成为你不想成为的人。

春天来临的时候,我们一定要热烈拥抱它,替那些留在冬天里无法抵达的人。

"嗨，你在干吗？"问出这句话的时候，其实我想说的是明天有空吗，我们一起去吃火锅呀，有热辣辣的锅底，有你最爱吃的羊肉卷、虾滑，还有腐竹，还有，还有非常喜欢你的我。这样的心情，想让你知道，又不想让你知道。

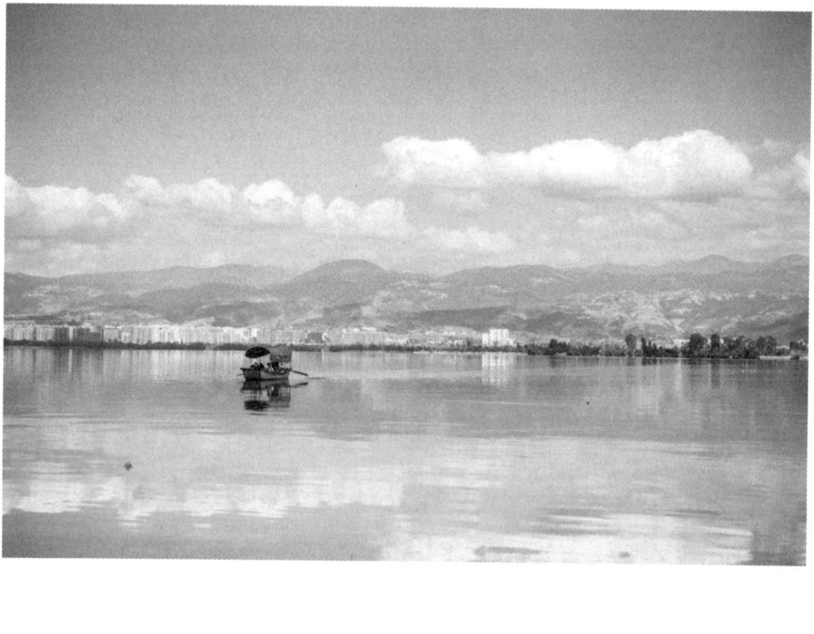

有三件事瞒不住：咳嗽、贫穷和喜欢你。有三件事放不下：失去的岁月、没有珍惜的过去和相见恨晚的你。

如果你不喜欢我，为什么每晚还来梦里找我呢？

我们总是忘记了一些事情是如何开始的,却对它们是怎么结束的耿耿于怀,因为失去和得到比起来,更扎心。

在人山人海中遇到你，我以为是故事的开始，原来却已经到了结局。

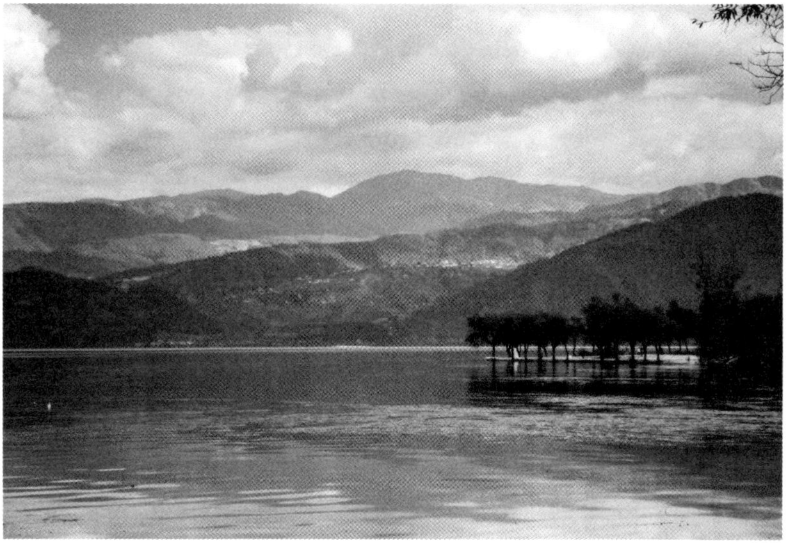

所有的遗憾都会被消解，人生啊，**兜兜转转**，每个人都能找到出口。

在低谷时,仰望高山;在山顶时,仰望星空。记住,既然已经走在了路上,就别回头,永远向前看。

你说，我们不合适，我会遇到更好的人。我明白，是你已经遇到了比我更好的人。

我的脸红，不是因为天太热，而是因为遇见了你。

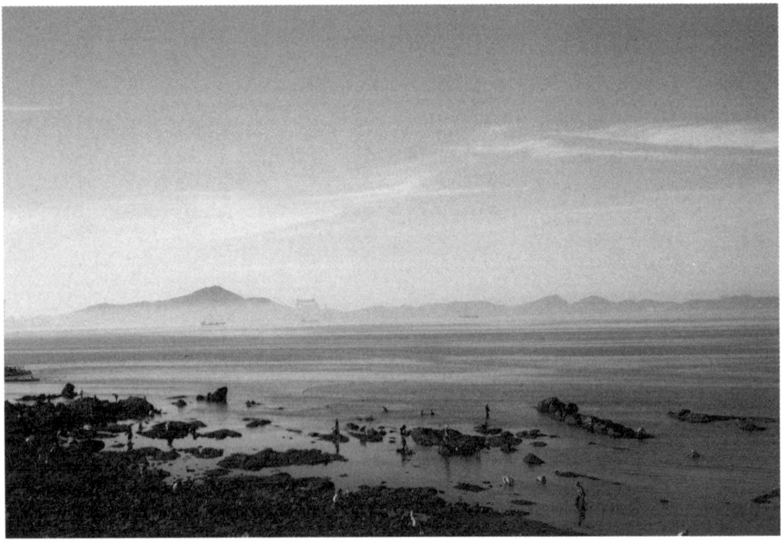

这世上最大的谎言是来日方长,因为大家转身的瞬间,便已经是一别两宽。

进入社会这个剧场之前,请穿上坚硬的铠甲,不是为了与谁为敌,而是为了抵御伤害。

小时候，十分的快乐不嫌多，长大了，只要一分的快乐，便能填满整个心房。

人生里没有所谓的"应该",只有你愿不愿意。

真实的生活就是你永远在计划,计划永远在变化。

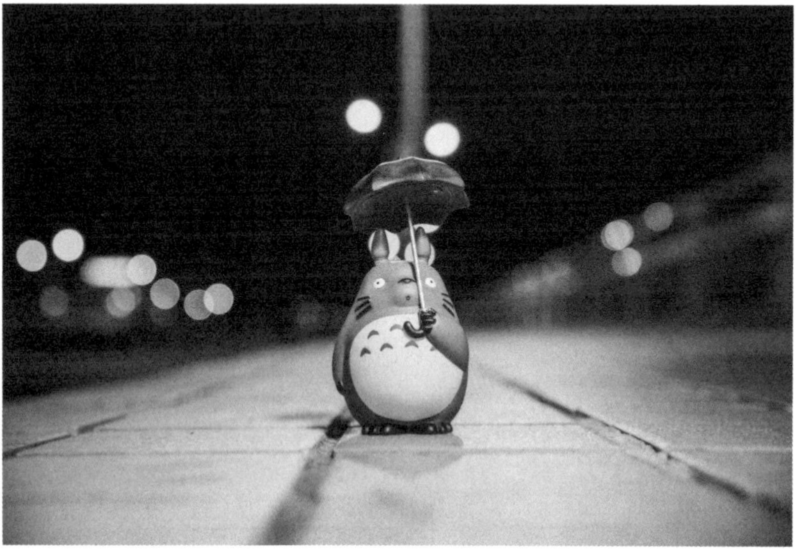

糖果就是有这样的魔力,能让大人一秒钟融化成小屁孩。

我才不会一直等你,午餐肉、水果罐头都有保质期,你凭什么认为我对你的留恋就是无休无止的呢?

航班、许久不上发条的钟表，还有爱情，它们有一个共同点，就是会晚点。

假如有一天你要离开我，请别和我告别，这样，我会以为你只是下楼去买零食，随时会抱着一堆好吃的推门进来。

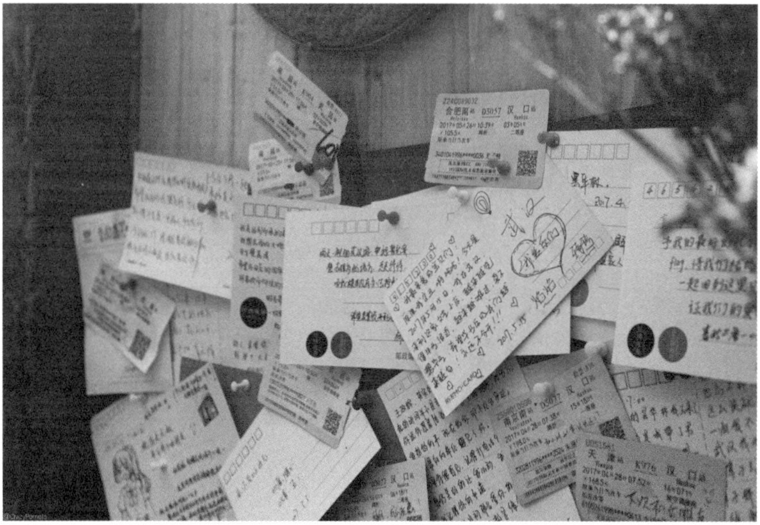

任何东西，我都喜欢靠自己的本事去争取，因为别人馈赠的，很容易被拿回去。

和父母说得最多的是"我挺好",和朋友说得最多的是"我太难了",和你说得最多的是"在吗……那……晚安"。

没有白走的路，没有白见的人，没有白做的选择，不论你做了什么，都会得到回馈，只是**好坏未知**。

人生的每一步，都落子不能悔，这是这个世界的规则。

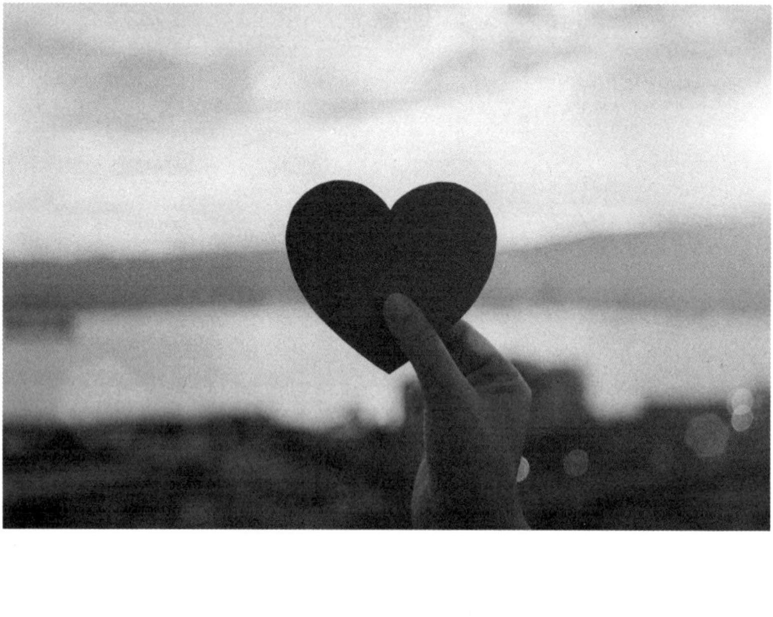

"今晚的月亮和昨夜的不同。"

"怎么会？"

"因为今晚，多了一个你。"

很多人闯入你的生命中,不是为了陪你同行,而是给你留下一个教训。

妈妈说十八岁之后,我就是一个大人了。我变成大人这件事,**全世界都知道**,只有我自己不知道。

幸福是下雨时包里有伞,肚子饿时厨房里有面,还信用卡时恰好发了工资,想你时你就刚刚好出现。

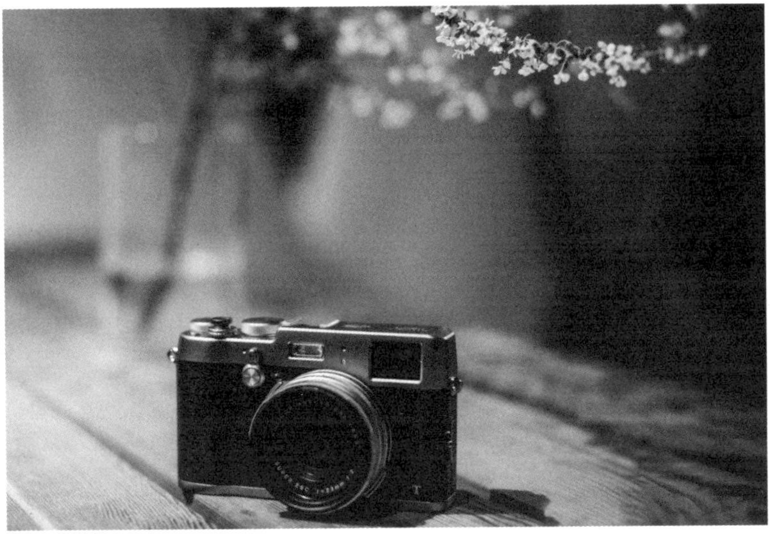

冬天的意义，除了储蓄脂肪，还储蓄了好好迎接下一个季节的能量。

我不怕等待，我怕的是你不知道我在等待。

年轻真好，梦想就像开不败的花朵，一朵枯萎，紧接着另一朵绽放。

一切都会好起来的，如果没有，那我就再等一等。

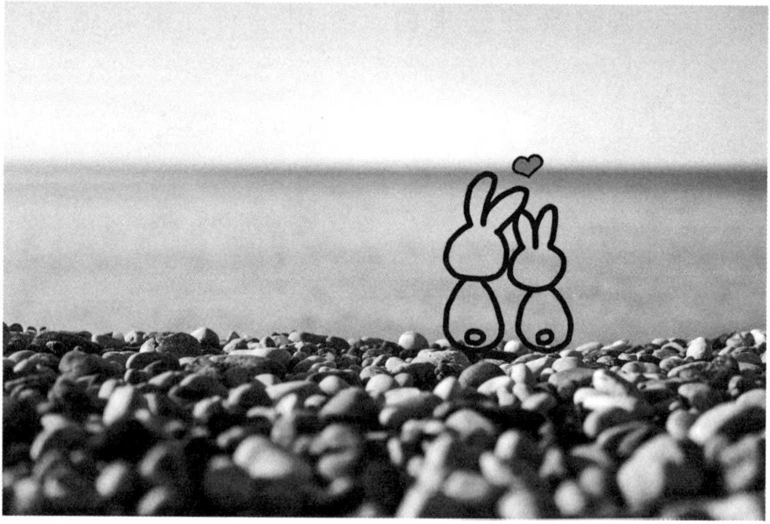

虚惊一场比如期而至、失而复得、久别重逢这些词语都要好一万倍，你本以为要失去，却没有失去的感觉，真的太棒了。

好怀念上大学的时候,每次考试前,老师都会把重点划好。而现在,你还没来得及审题,就得交卷了。

我以为爱一个人就可以不孤单，却不知道，让一个人更孤单的，往往是爱情。

有落地窗、Wi-Fi、沙发、外卖，还有我，这难道不是你的理想吗？

"可以做朋友吗？"有的时候，是开始的试探；有的时候，是不舍的告别。

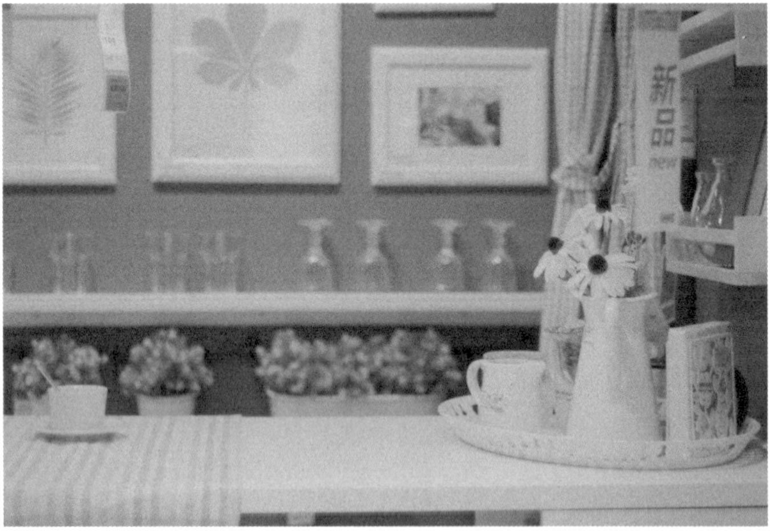
新品

真是搞不懂，明明最先心动的人是你，到最后放不了手的人怎么会是我。

我们不懂如何善待这个世界，还总抱怨世界怠慢了我们。

年轻的时候梦想着财富自由,人到中年才知道情绪自由是最大的财富。

那些对深夜眷恋不舍的人，是有多害怕看到天亮，去面对白日里的是是非非啊？

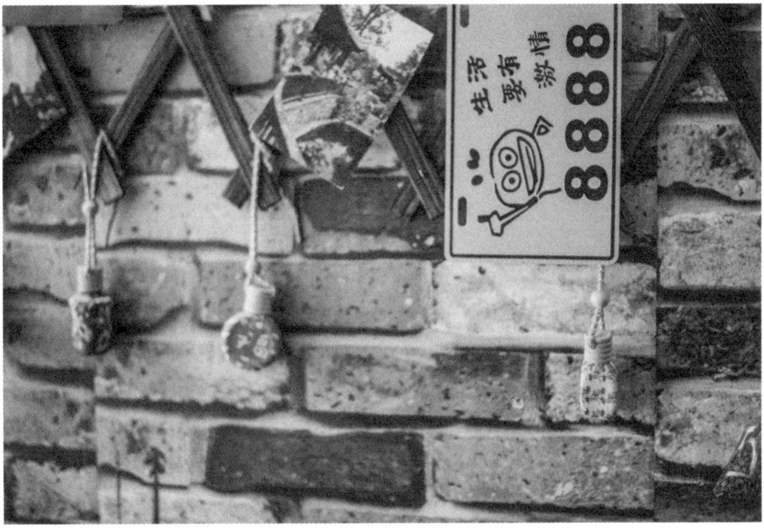
生活要有激情
8888

说"我还不想恋爱"的人,总有一个**爱而不得**的人。

小时候，人越多，便会哭得越大声；长大后，眼泪只有枕头和被子看到过。

断舍离是个好习惯,扔掉你不会再穿的衣服,忘掉不可能爱上你的人,清空过去所有不好的回忆。

为什么不能快乐地度过每一天呢,反正我们终将失去它?

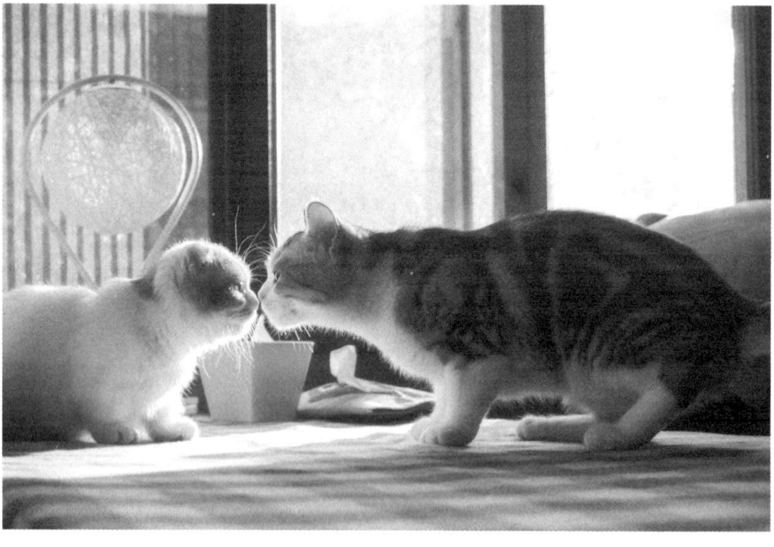

你所认为的兵荒马乱在别人眼中只是小题大做，成年人的生活，注定是形单影只、孤军作战。

这世上所有的不开心,原因归结起来无非是:忘不掉、想不开、舍不得。

并不是每一句"**对不起**",都能换来"**没关系**"。

你可以不喜欢我,但是别来改变我。没有按照你的要求存在,**这并不是我的错**,因为我本来也不是为你而生的。

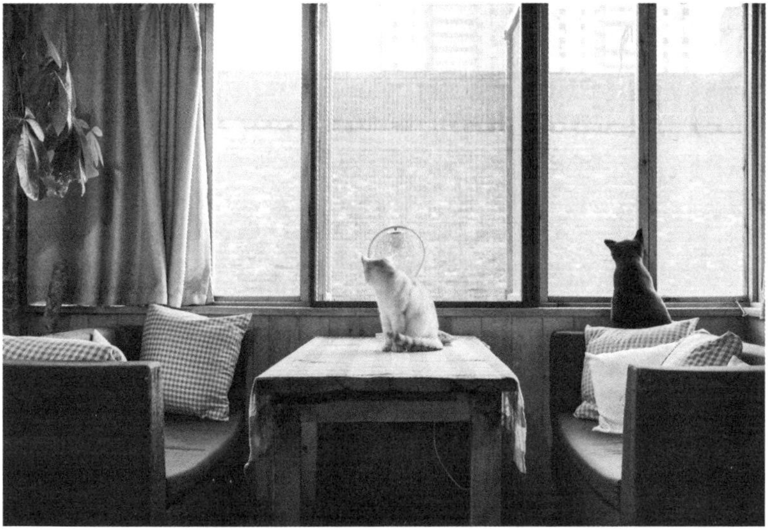

美食当然要两个人一起享用,一个人吃只是填饱肚子。

人生的暴风大雨，你只能自己穿过。我的意思是，你得用自己的力量去和整个世界对抗，不论输赢，做自己的英雄。

我看过你看过的云,这算不算相遇?我喝过你喝过的酒,这算不算约会?我走过你走过的桥,这算不算重逢?

爱，是疼痛的相拥，流着眼泪的原谅。

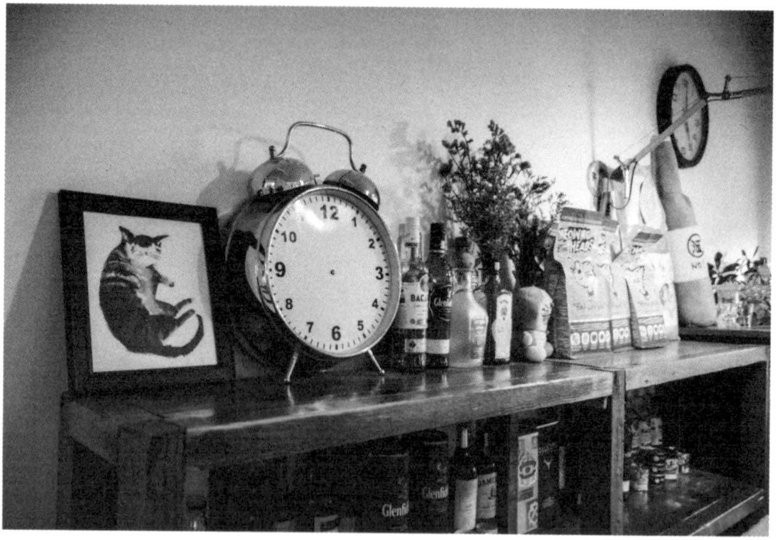

青春的完结，就是在某一个和平时一样的清晨醒来，你安然地接受了所有的现状。

真正的告别,是将曾经的自己留在昨天。

你说三月来,我等你到六月;你说夏日至,我盼你到寒秋;你踏着冬雪抵达,我早已前往暖春,不是所有的姗姗来迟,都有人翘首企盼。

生命中，有的人就像蛀牙，不拔，令你痛到每一根神经都颤抖；拔掉，让你的身体永远缺失一部分。

他不是笨嘴拙舌，只是没把甜言蜜语留给你而已。

当你做一个选择的时候，最好的办法就是抛硬币，不是说老天爷会给你最好的交代，而是硬币即将落下的那一刻，答案已经在你心里。

人生必修课之一：该得到的还没得到，不该失去的早已失去。

不要怕走错了路,只要你前行,哪里都是目的地。

不要为了任何人或事失去自我,哪怕是你爱惨了的人,哪怕是你梦寐许久的事。

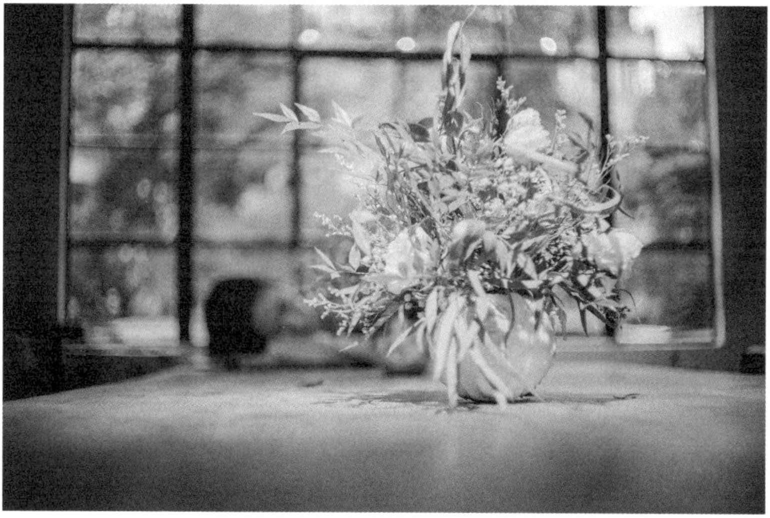

锅里的油不会等你把所有菜都准备好才热,站台上的列车不会等你收拾好行李再发。你总说自己时运不济,可是你有没有想过,错的不是时机,而是一直等待时机的自己?

希望你能遇到一个人，不需要权衡利弊，不需要瞻前顾后，不需要患得患失，不需要考虑除了喜欢之外的任何东西，就可以在一起的人。

不要去讨好一个不在意你的人,用讨好别人的时间,来取悦自己,然后你会发现,过去的那个自己有多愚蠢。

时间是一把锋利的刀,割掉了青春,切碎了离别。

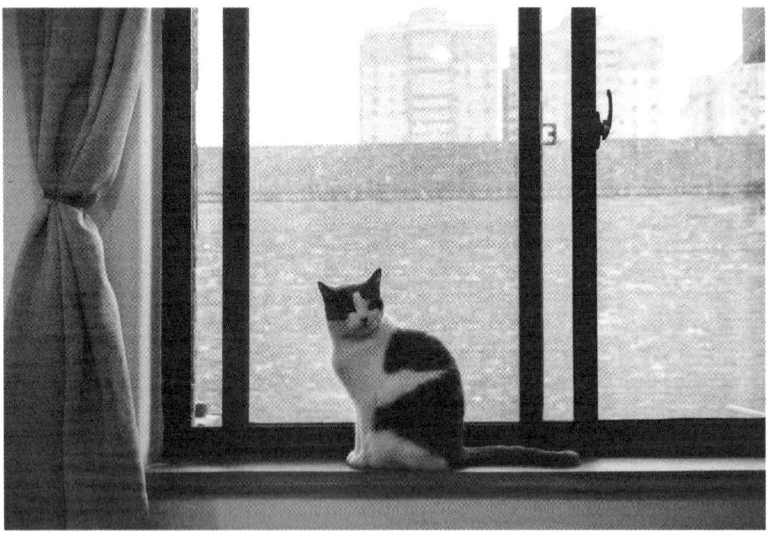

在生活面前，我扮演了各种各样的角色，除了我自己。

在对的时间遇到对的人，这是童话故事；在不对的时间遇到对的人，这是偶像剧；在对的时间遇到不对的人，这是八点档的狗血剧；在不对的时间遇到不对的人，这是现实生活。

美好的东西是生活的彩蛋,你不打通关是不会看到的。

感情的世界里千万不要将就,你的退而求其次在你看来是仁慈,对那个人来说却是伤害。

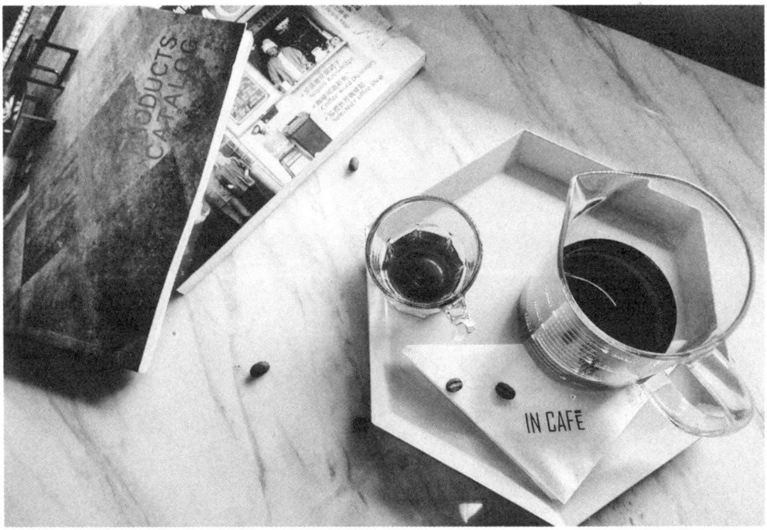
IN CAFĒ

不怕生活对我们下手,怕的是我们对自己放手。

我也是第一次做人，怎么能做得差劲呢？就算辛苦，还是想看远阔山河，烟火人间。

余生，请多多指教。这句话的前提是我的余生足够幸运，你的余生能够允许。

这些年，我把自己照顾得很好，好到你一次也没有来梦里打扰我。

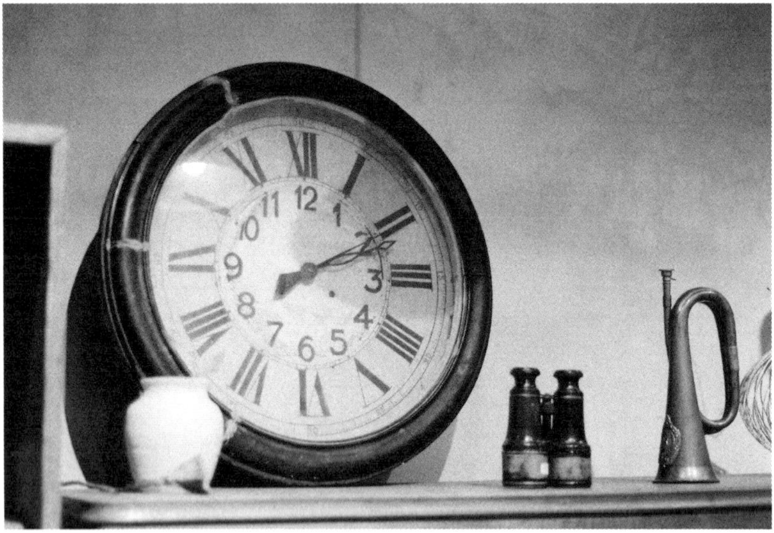

有些东西,没有就是没有;有些人,不行就是不行。你还不懂吗?不是什么事都能问一句"为什么"。

别问一个人为什么要中途下车，必然是沿途的风景比陪你到终点更诱惑。

你可以选择结婚生子,我也可以选择独身到老,没有谁比谁更正确,做人又不是做题,非要给出一个标准答案。

我爱吃芝麻馅的汤圆，你偏要做一碗巧克力馅的汤圆给我。我喜欢柠檬味儿的沐浴液，你随手从货架上拿了一瓶薄荷味儿的给我。你觉得无所谓的小事，都是让我难以接受的大事。

孤独有一件**浪漫的外套**,你可以称它为自由。

"怎么判断对方是不是爱我？"

"很简单，在路口分别的时候，看对方是不是会回头。"

我的人生是从什么时候开始失控的呢?

大概是从你想要掌控它开始。

"明年有什么愿望?"

"祝我大器晚成。"

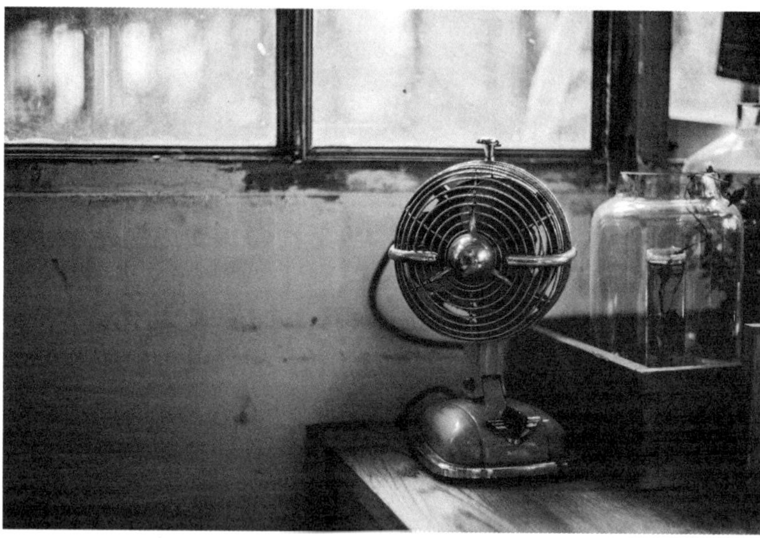

当你经历过一些事情之后，就不会那么执着地去担忧未来，生活会教会你，谁不曾被为难过，谁又不是拍拍摔痛的膝盖继续走下去。

每一个**失恋后买醉的人**,都是愿赌不服输。

所谓念念不忘,不过是因为现在的自己过得不如当初好罢了。

喝再多的"鸡汤",你也没办法过上别人的人生。

该怎么区分惊喜和惊吓呢?惊喜就是歪打正着,惊吓是阴差阳错。

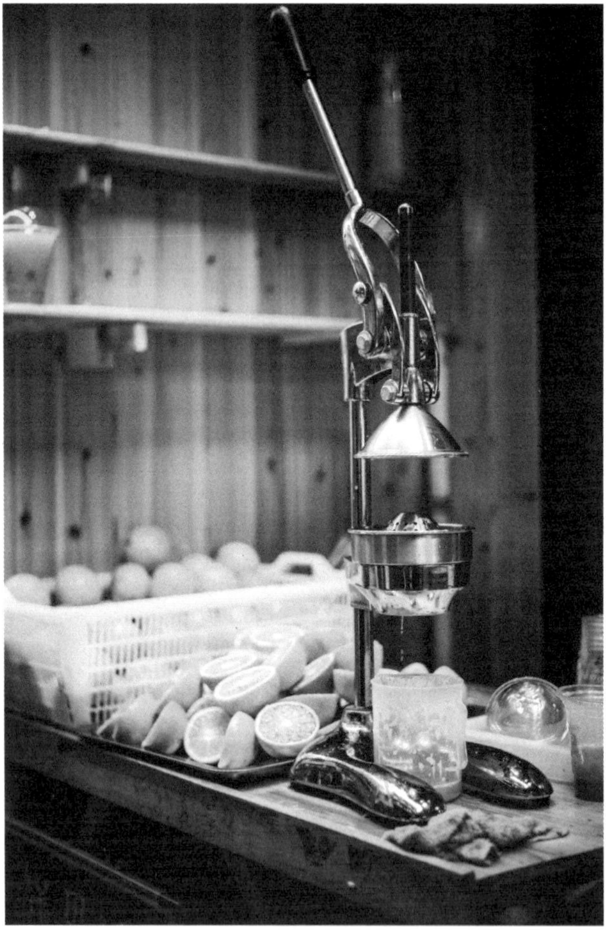

时间是子弹,能够消灭一件又一件往事,可是我的枪坏掉了,我眼睁睁看着过去堆积如山,压顶而来。

年少时，我们做的梦叫作理想；成熟后，我们谈论理想叫作白日做梦。这就是生活残忍的真相。

接受是**美德**，一切都会过去的。

我们总是羡慕别人朋友圈里的风景,而怠慢了自己眼前的湖光山影。

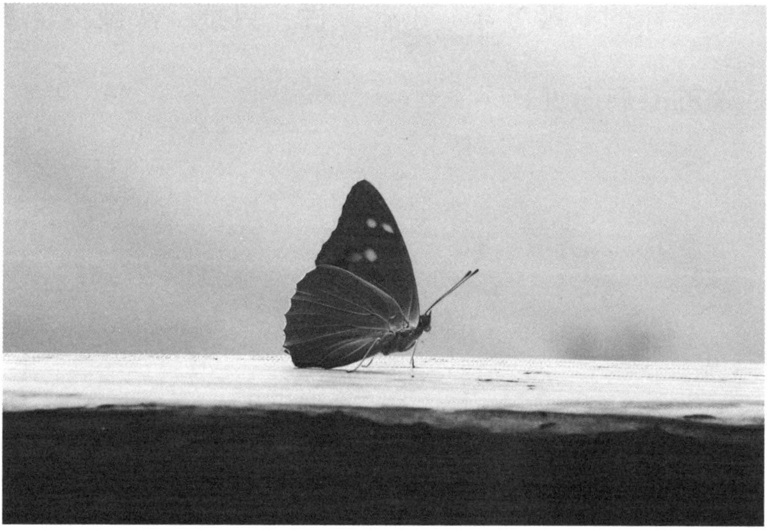

你的**一眼万年**,于他来说,只是一次微不足道的擦肩而过。

人间当然值得，别问原因，总之，相信就是了。

你不理解我的悲伤,凭什么要求我认同你的快乐?

我们总是感慨岁月如梭,却从没想过珍惜当下。

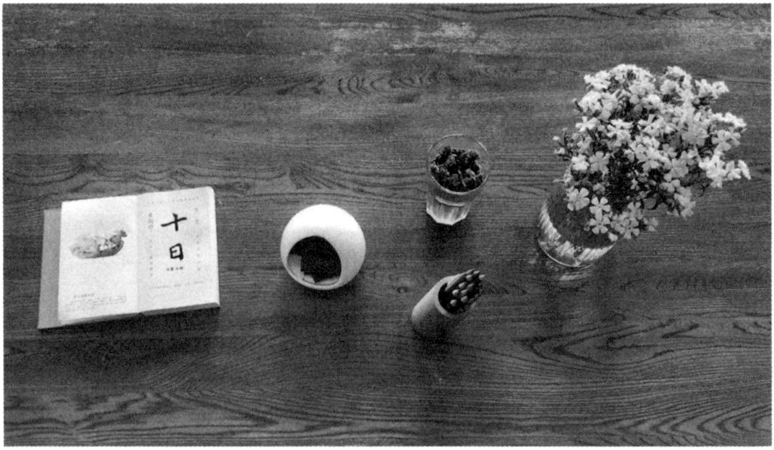
十日

不要总是等待从天而降的好运,做一个特别努力的人,未来才能以你喜欢的样子呈现。

别傻了，爱情里哪有什么势均力敌？一把梭哈，不是胜者为王，就是赔掉底裤。

你拼命争取的,未必是你的;你毫不在意的,最后却握在手里。命运就是这样一个任性的小调皮,谁都拿它没办法。

爱上一个人，三五秒钟就足够；放下一个人，三五载也不足。

如故
如旧

要知道,不甘心和喜欢是不一样的:不甘心是遇到更好的人,假装没遇到;喜欢是没有更好的人,全世界只有你最好。

我这么优秀,凭什么要去你的世界当路人甲、乙、丙?

在我难过的时候不要和我讲道理,带我去吃好吃的;我开心的时候,也不要听大道理,还是要去吃好吃的。人生啊,只有美食是治愈良药。

你等了那么久、盼了那么久的东西，一朝在手，却是面目全非。

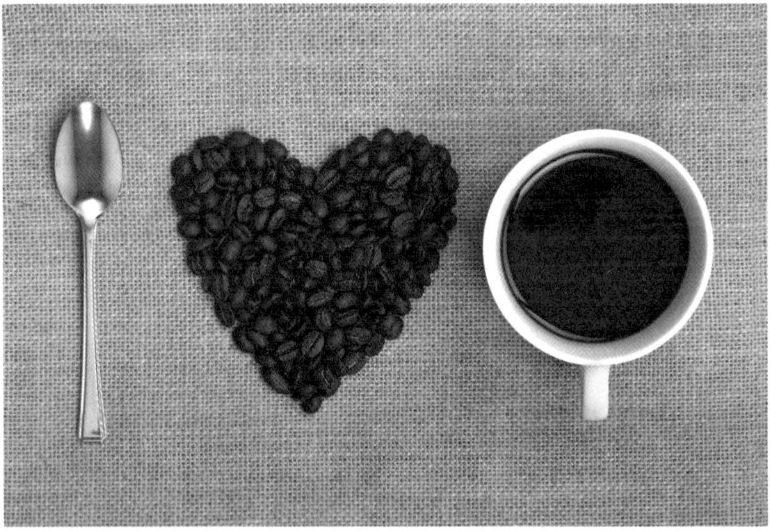

"不如，让我们重新来过吧？"

"呵呵，你以为回忆是一张老照片吗，能把所有的伤痛都 PS 掉？"

相信在这个宇宙中,一定还有另外一个自己,爱着我不敢表白的人,做着我没勇气尝试的事。

我打败了世界,你打败了我。

小时候听得最多的一句话是："你还是个小孩子。"长大后听得最多的一句话是："你怎么还像个小孩子？"是我们长得太慢，还是这个世界太容易老？

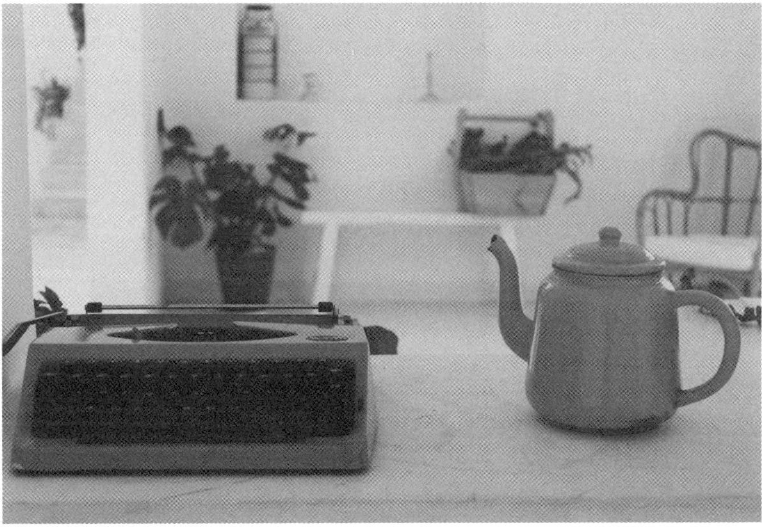

若我有杯酒，不敬往事，不敬前程，只敬颠沛流离也孤勇满志的自己。

别傻了,等一个人也是要有资格证的,而你连号码牌都没领到。

你明白吗？你于我来说是不同的，就像冬天里温暖的手套、夏天里加冰的可乐、春天里洗干净的白衬衫、秋天里甜蜜的果实。你涂抹在我生命中的味道，日复一日地提醒我，你是不同的、唯一的。

人生中总有几段黑暗的时光，就像是女巫森林中的无人禁地，想要迈过去，又担心陷入深渊。其实，令人绝望的不是一无所知的命运，而是无人陪伴的至暗时刻。没有关系，没有那个人，那么，你自己去做那个人就好了。

也没有什么大不了的事情，不过就是早上出门晚了，还错过了刚刚开走的公交车；中午订的外卖，汤洒了出来，还没有餐具；晚上加班走出公司，下起了雨，而每一辆飞驰而过的出租车里都坐了乘客。真的没什么，只是拿出手机想要给你打电话时，发现通信录中已经没有了你的号码，眼泪突然就出来了。

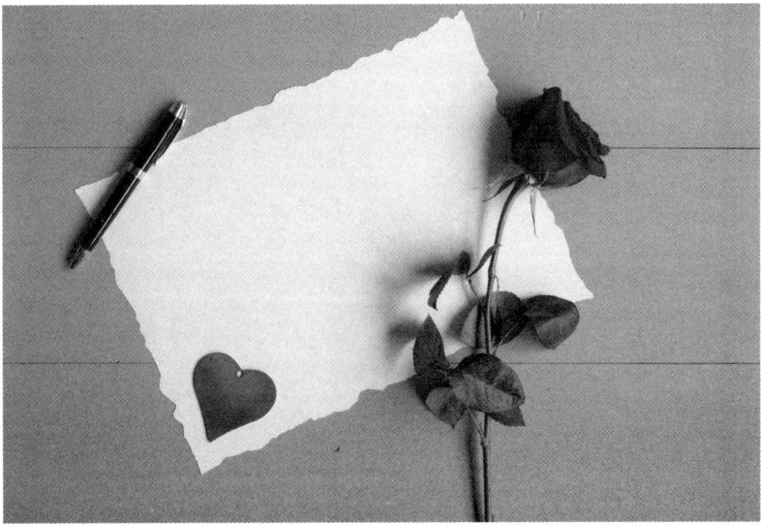

不论你能解出多难的高数题,在爱情这张考卷上,你除了不会答的,都是答错了的。

比早起还难办到的事情,是停止想你。这不仅需要毅力,更需要勇气。

别以为你先离开,就一定会过得比我好,被放手的那个人未必就不配得到幸福。

要好好生活呀,在暴富和变成仙女之前,先不要急于给人生一个差评,好吗?

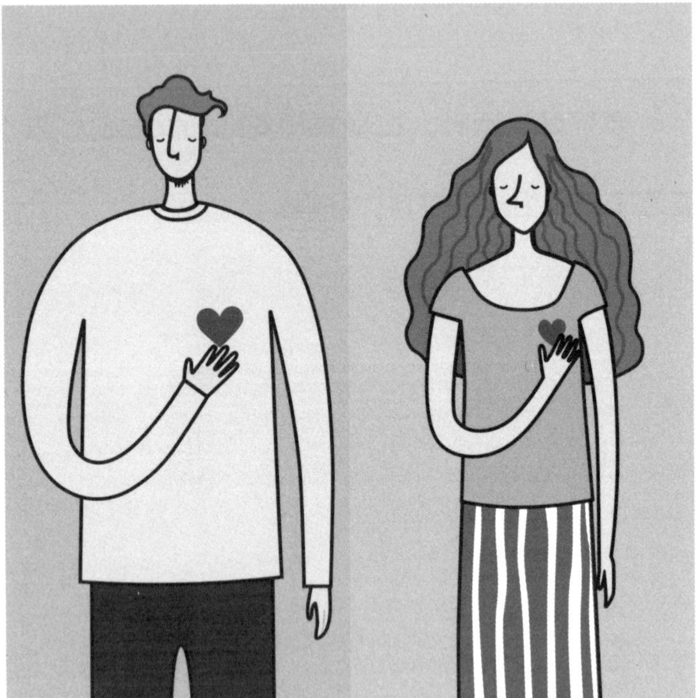

不要把别人的温柔以待当作义务，也不要将生活的冷漠看作苛待，就好像香蕉不是唯一的水果，人生也不是一种模式。

人啊，总是这样，在别人的困境中挥斥方遒，在自己的生活中兵败城倒。

旅程无非就是两种：一种是为了抵达终点，一种是为了丰富过程。

遇到心仪的商品，你总会故作不满意地和商家说："也就还好吧，我再去别家看看。"遇到心动的那个人，你装作不在意地对自己说："也不过那样而已，我再等等看。"结果，等你再回去，你喜欢的东西被别人买走了；等你想回头，让你动心的那个人，心里住进了别人。你看，你以为骗过了别人，其实是哄了自己。

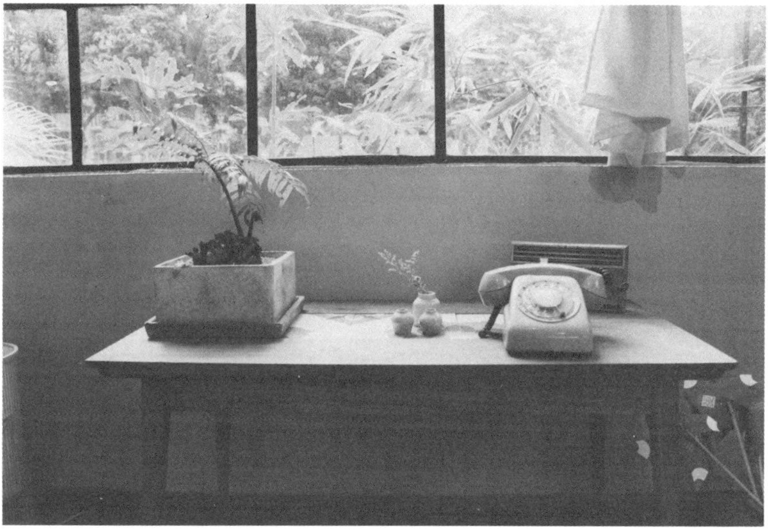

热爱是片海,只有亲自跳下去,才尝得出是涩是甜。

我想了想，最让我感到遗憾的事情，大概就是父母努力对我好的时候，我拼命想要逃离他们；而当我想要认真照顾父母的时候，他们已经触不可及。

今天的我以为,昨天被生活夺走的,明天便会交还。一直到后天,我才明白,被拿走的不会回来,想留下的不能放手。

月色很美,我不会试图摘月,星辰璀璨,我不会妄图攀星,我一直是个量力而为的俗人。你说喜欢月亮,星星也很美,想要挂到床头,我便开始自不量力地跃跃欲试。

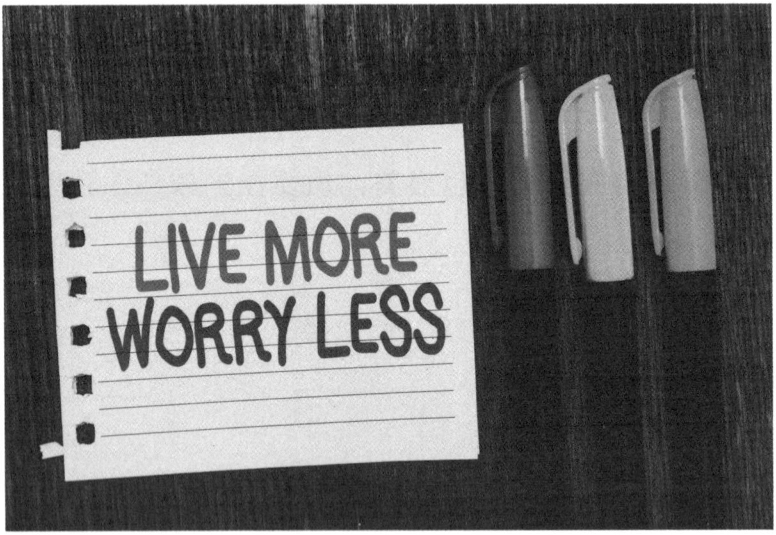
LIVE MORE
WORRY LESS

你来人间一遭，要自由呼吸，用力生长，像树，像草，像花，像这天地间一切美好又独立的事物。

我就是这么没出息，决定离开你，左脚刚迈出去，右脚就后悔了。

不要对这个世界产生习惯，不然你的青春就结束了。

我最擅长两件事：不该说的话总是脱口而出，最想说的话一直放在心里。

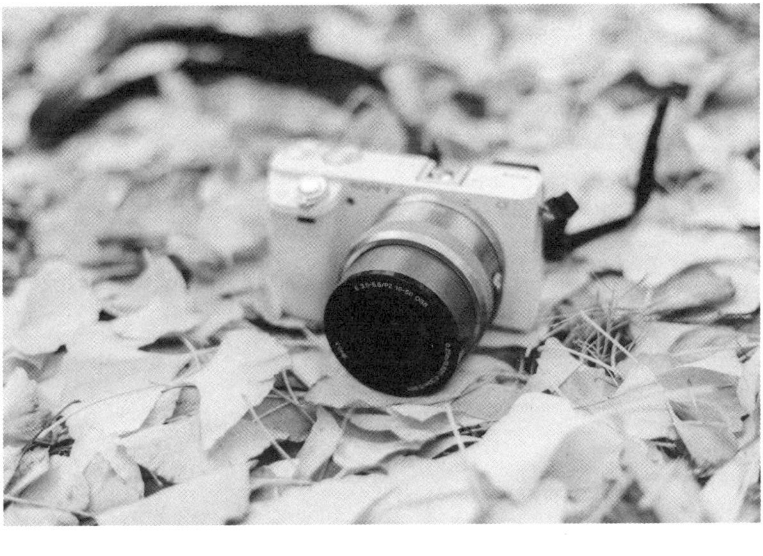

暑假作业还没写完，夏天就要过去了。什么事情都没完成，好像人生就要结束了。

孤独是影子,与你时刻相伴,但当你想回头给它一个拥抱时,它又躲到你的身后去了。

记忆是蓝色的海洋，存纳了太多被遗忘的光阴，每一滴水珠都是一个完整的回忆，关于那些荒唐的、雀跃的往事，捧在掌心，让人感动，又有点感伤，因为竟有点想不起当时是如何荒唐，又如何雀跃的。

生活是没什么意义可讲的,无非就是一餐一饭,荤素搭配,好好睡觉,专心做好自己想做的事情。

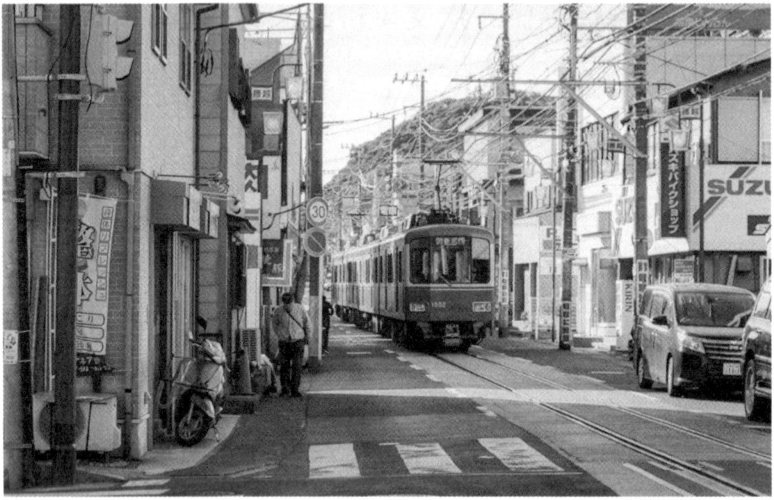

那把和你在下雨天一起撑过的伞,被我从房间的角落里收拾出来,那夜的雨水还残留着潮湿的气息在伞上,而曾在伞下的你却已经不知所终。

爱情其实和购物是一样的,你喜欢的不实用,你需要的不喜欢。

在城市生活的人都知道，这是一个你在街头撕心裂肺痛哭也没人上前递纸巾的巨大水泥花园，这里是一个你肆意放飞也无人指手画脚的巨大乐园，永远冰冷，一直温暖，恰如人生。

仅仅是爱怎么够呢？我要的是宠爱、疼爱、偏爱，让我有恃无恐的深爱。

将无聊的事情，认真地完成的人，才能被称为大人。

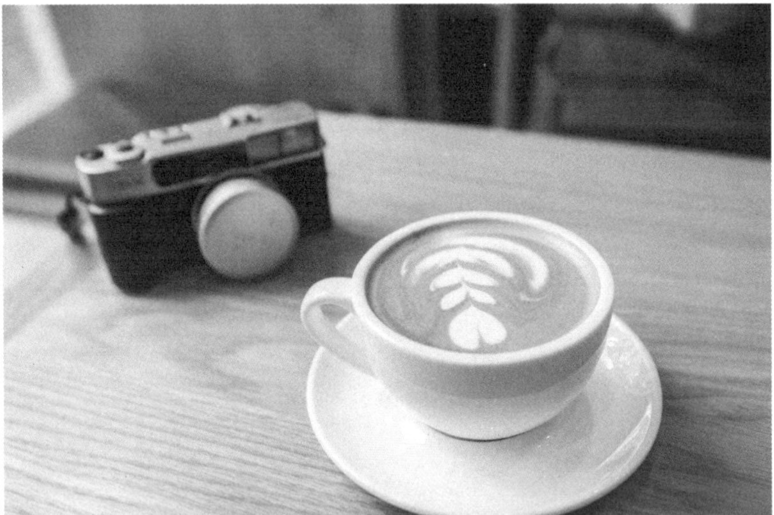

每个人都以为迎面走来的人比自己更幸福，其实，哪个人不是不动声色地崩溃，然后将眼泪洒在天亮之前呢？

越来越讨厌现在的自己,为什么越是难过的时候,越是笑得大声?

"为什么失恋的人都爱暴饮暴食?"

"因为把胃填满,心就不会那么空。"

大概是平时存了太多的想念,所以带回家的行李箱总是格外沉。

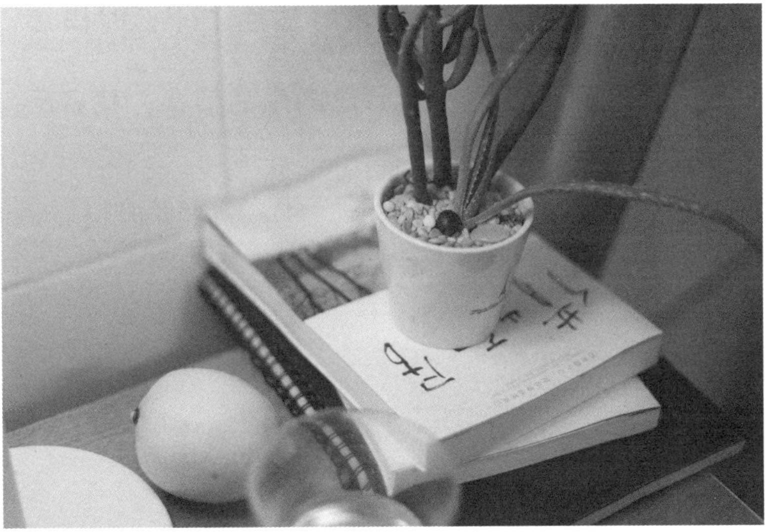

我不需要有人来为我喊加油，什么时候该跑，什么时候要停，我自己的生活节奏，我自己清楚。

因为你也在海上,所以我从未想过靠岸。

人生最大的无奈就是，听说过那么多道理，该走的弯路还得自己走一遍。

我每天锻炼身体,早睡晚起,不过是想再多一次遇见你,在梦里。

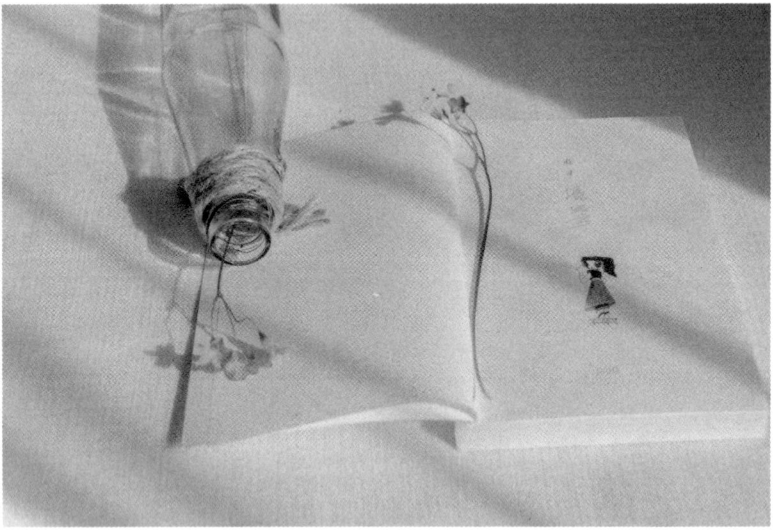

年轻时，以为爱情是生活的标配，后来才发现，爱情是生活的奢侈品。

从那以后，人潮拥挤，尘世喧嚣，我再也不能一眼就发现那个满眼都是我的女孩了。

或许，没有得到的才会永远留在心里，不是痴心，是不甘心。

不将就，生活就给你铁拳；不妥协，世界就给你颜色；不服输，时间就给你报复……道理我都懂，可是我还是一次次撞得头破血流！

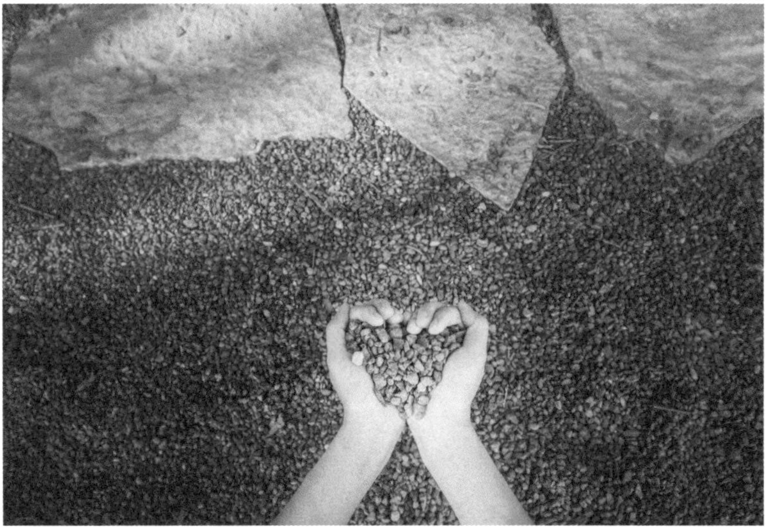

如果把每次遇到倒霉的事都当作生活开的玩笑的话,那生活也太喜欢和我开玩笑了。

小时候羡慕大人潇洒自由,长大后羡慕小孩无忧无虑,谁承想潇洒自由是假的,无忧无虑是真的。

最难过的不是他不爱你了,而是他自觉无力给你更好的生活,默然放弃。

只有和你在一起，看云卷云舒、花开叶落，不计日月更迭、山遥路远，才值得这珍贵的人间。

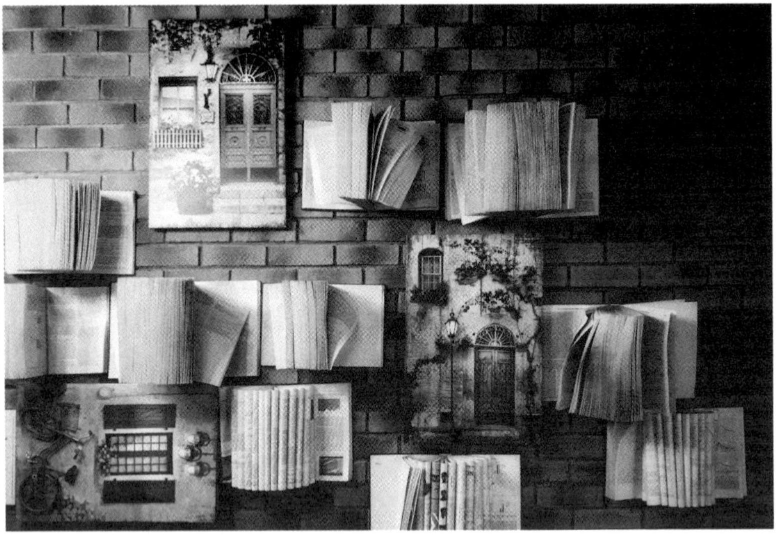

每当夜深人静，我们犹如一只困兽，一次次被生活无情击倒，独自舔舐伤口；一旦太阳升起，心中又升起了斗志。

我终于懂得了父辈的沉默,那种被生活折腾的无奈、木讷与呆滞也渐渐刻在了我们的影子里。

一度以为再也走不过去的坎,再也越不过去的山,再也医不好的痛,都被时间一一抚平了。

人海中**惊鸿一瞥**，往往都是错误，只是在记忆中温暖，翻开依旧是刻骨的伤痕。

不被爱的人往往爱得更深，从北极走来的人，想给予你整个赤道。

山有木兮木有枝，
心悦君兮君不知。

有你在，吃苦瓜都是甜的。我终于忘了苦瓜的味道，却始终忘不掉你。

那些犹犹豫豫、动作笨拙的人,内心可能装着另外一个人吧。将就才是最难的,你的心骗不了自己。

人生其实很简单，不过是酸甜苦辣、生老病死，看开了，就不过如此。

婚姻让你改掉任性，变得顺从，变得懂事，变得识大体，却再也没有了谈恋爱时那种纯粹的快乐。

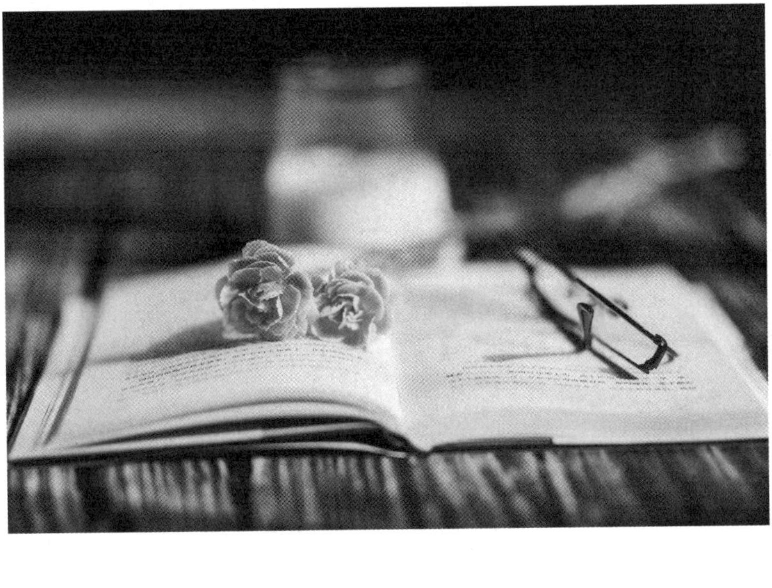

孤独惯了就不想再认识新的人。曾经一个人的闯入让你手足无措,满心希望能与幸福撞个满怀,最后得到的却是一场错过。不如,收敛笑容,故作高冷,将一切好奇与好意击退,舒适地蜷缩在自己的小世界。

我一直觉得，人生永远不会太晚，除了太晚遇见你。

曾以为的**刻骨铭心**最终烟消云散,曾以为的简单平凡却念念不忘。

有时候，不敢靠近，是因为太在乎。

"还记得年少时的梦吗?"

"不记得了,连曾经年少也不记得了。"

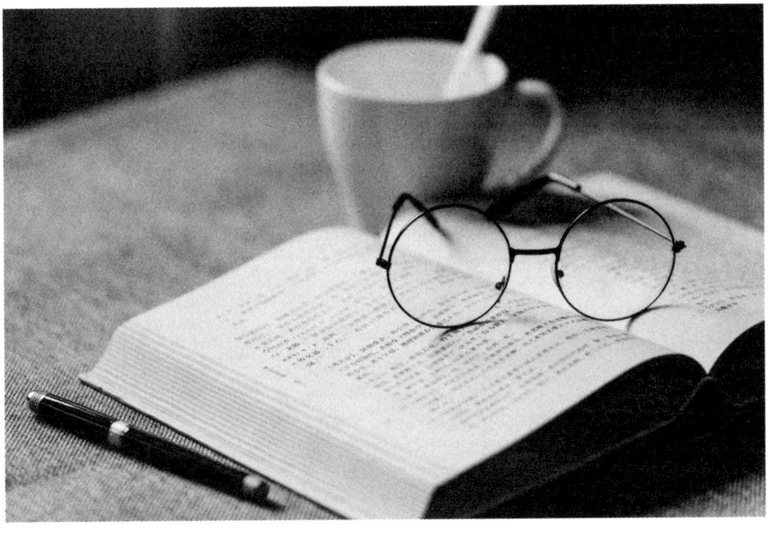

我爸跟我说经常熬夜会猝死。我说没事。

我跟我爸说不戴口罩容易得流感。我爸说没事。

年龄真的是一道鸿沟,我在沟这边,我爸在沟那边。

小时候老师跟我说，人最终都一定会死的，谁也不能例外。

我不信，然后一赌气活到了现在。

如果这个世界不允许不开心的人聚在一起抱团取暖,那我们就散一散。

条条大路通罗马,可我干吗非要去罗马?

我其实挺忙的，但就是懒得动。

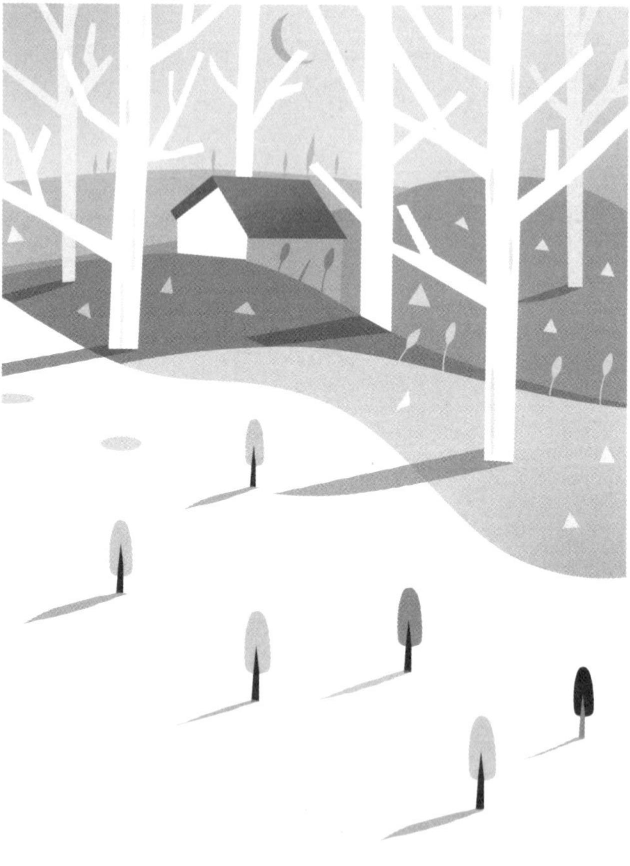

人生啊，没有什么事是放不下的，只是最初有点不习惯而已，早晚会习惯的。

我变回了原来的样子，吃得好、睡得着、放肆笑，原来生活中没有你也没有什么不好。当你已经成为过去的你的时候，我就该成为重生的我了。

我所有的虚张声势不过都是源自内心的自卑。

振振有词的大话并不能掩饰内心的软弱与自我怀疑。

我想过给你一个明亮的未来，但我知道我给不了。

上学的时候每天傍晚盯着教室墙上的时钟,一圈一圈地数着放学的时间,时刻准备逃离教室。

而现在,走到校门口想要再回到当年的教室看看,门卫已经准备随时将我拦下。曾经我是教室里的闲杂人等,现在我是社会上的闲杂人等。

我们总是会羡慕别人,羡慕她漂亮,羡慕他聪明,羡慕他们一出生就在别人难以企及的终点。

但在羡慕过后的某个瞬间,我们依旧会喜欢自己,这个独一无二的自己,无法被人取代的自己。

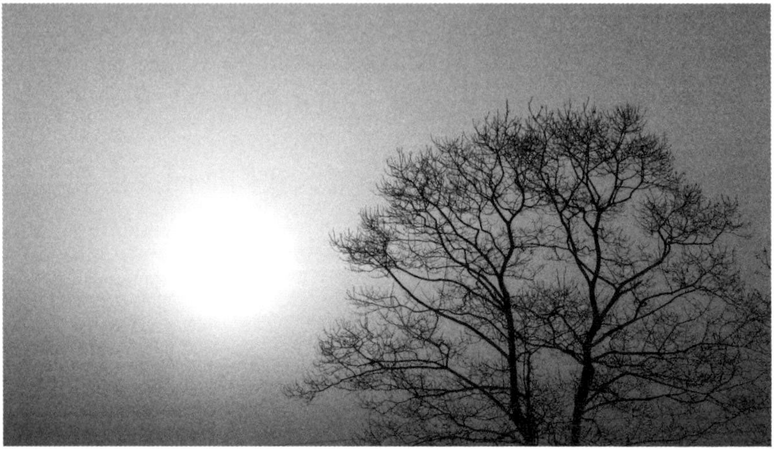

千万不要把自己看太重，其实没那么多人需要你；

千万不要把自己看太轻，总有人把你当作全世界。

哪怕是早就被生活打趴在地的人，内心也想过要拼尽全力赢一次啊，一次就够了。

在年少的时候,如果遇到过一个**光芒四射**、**独一无二**的人,而你又刚好错过了,那往后余生注定只能将就。

不承想我生命中一切出乎意料的惊喜,都写着你的名字。

总有一些感情，在彼此拥有时浑然无知，可一旦失去却让人痛不欲生。

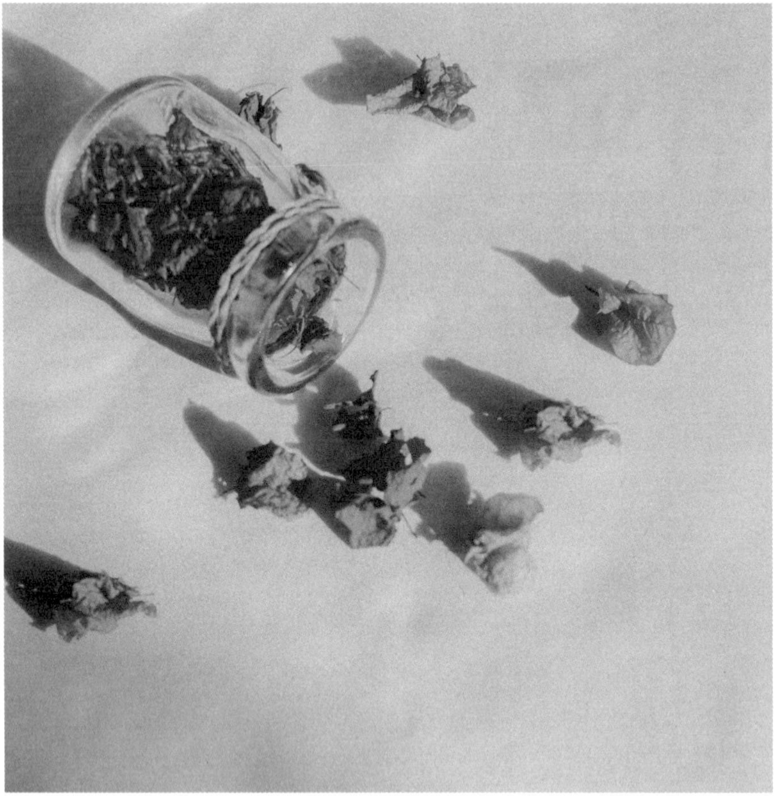

别问我过得好不好,好坏都已一笔勾销。既然已经天涯路远,那就相忘于江湖。

有的时候就是这样,你喜欢他的时候他总也不出现,等你不喜欢他了,他偏要来。

还未开始就已结束了的初恋时光,就像短暂却绚丽的烟花绽放,**一瞬便是永恒**,以最美好的模样永远地活在记忆里。

我终于知道了一切早已注定，那个再怎么绞尽脑汁哄你开心的人始终都比不上一出现就让你忍不住笑的人。

我们都说爱情，可说来说去说的竟不是同一回事。我的爱情让我患得患失，你的爱情对你却无关紧要。

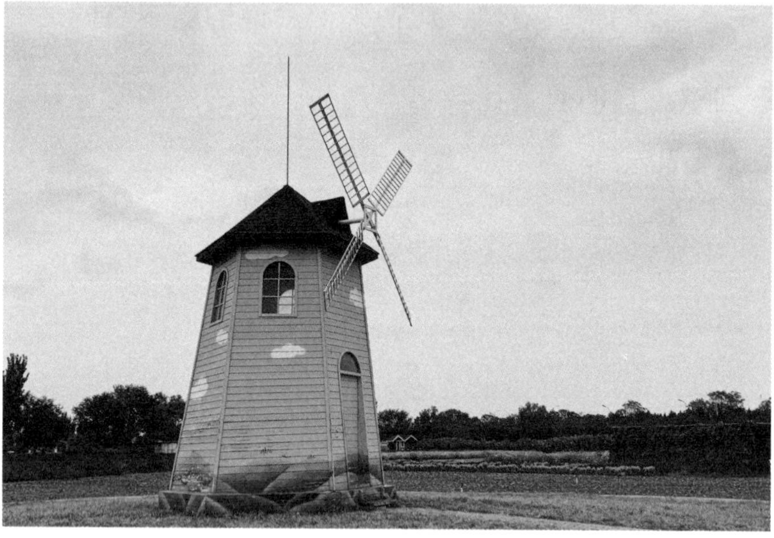

你念念不忘的他,此刻或许正念念不忘另一个她。每个人都在念念不忘啊,可终究感动了的只是自己。

孤独感，大概就是当你在车水马龙中行走时，看万家灯火点亮，自己却清楚地知道这一切通通与你无关，没有哪盏灯是为你点亮的。

故事中得不到的总说来日方长，现实中发生的却只有人走茶凉。

喜欢单身的人就去享受单身，喜欢恋爱的人就去勇敢恋爱，人生不过几十年，怎么活都是一辈子。

时间可以抹平一切煎熬,再寒冷漫长的冬天也终究会雪融草青,春天已在来的路上。

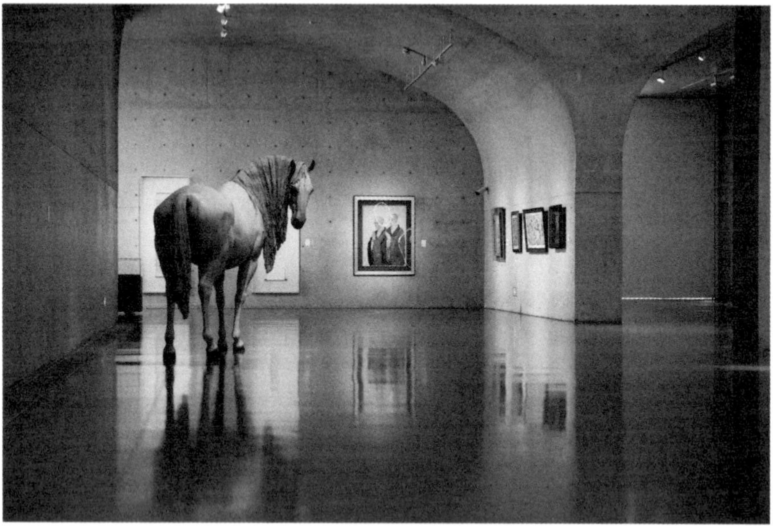

生活总是两难，单身的时候向往有人陪伴，成家之后又渴望一个人的空间。不懂得享受当下的人，是无法享受生活的。

爱情总是不讲道理的，先爱上的那个人注定只能仰望，除非对方也爱你，否则哪怕倾尽所有也未必能换来对方一次俯首。

在离开你之后,我遇到过很多像你的人,他们总能让我想到你,就算你不在我身边,我心里依然满满的都是你。

曾经,你对我说,不论什么时候只要我转身,你都会在原地等我。

后来,我真的转过身后,才发现你已经悄无声息地走了很远。

那这次就换我对你说同样的话吧,放心,我才不会像你一样食言呢。

日子熬着熬着就过去了，不信你回头看一看，曾经你以为走不出的岁月，都变成了回不去的往昔。

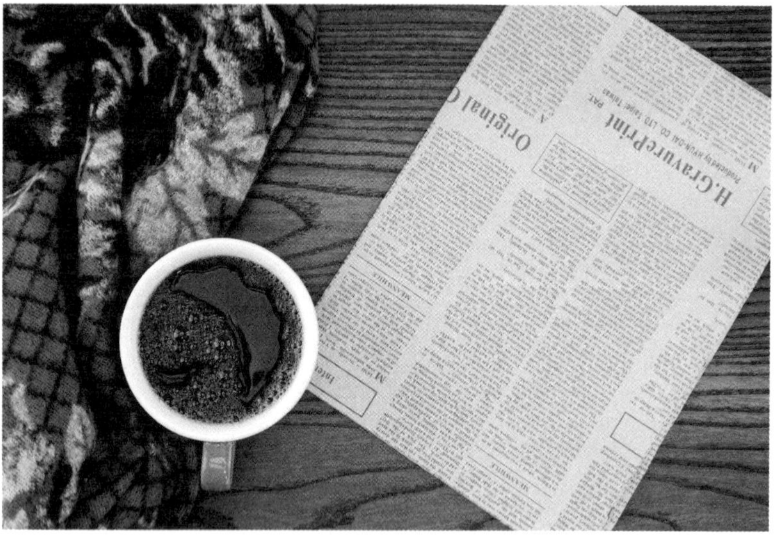
H.GravurePrint
Original

你以为是你人生终点的那个人,到头来,不过是一个斑驳的路标而已。

雨里撑过来的一把伞、风中递过来的一件外套、伤心落泪时收到的一声问候、孤独沮丧时的相依相偎……你问人间值不值得，这就是答案。

你不喜欢我胖,我就每天健身;你不喜欢我沉默,我就不断讲笑话给你听;你不喜欢我宅在家,我就陪你逛遍整个城市……我为你改变得面目全非,却最终也没得到你的一个真心的拥抱。

来到这美好人间,我也不想**凑凑数**而已,可是人算不如天算啊。